Gafi chez Toc-toc Chef

Laurence Gillot • Mérel

Nathan

Rachid le timide
Mélanie la chipie
Pacha le chat
Pascale la géniale
Arthur le gros dur
Es-tu prêt pour une nouvelle aventure? Eh bien, commençons!
Ah, j'y pense: les mots suivis d'un ☼ sont expliqués à la fin de l'histoire.

Gafi et ses amis
se promènent au parc.
Tout à coup, un passant
pressé glisse et tombe
par terre sous leurs yeux.

– Aïe, je me suis tordu le poignet! s'écrie le monsieur. Quelle catastrophe! Je dois passer à la télévision dans une heure!
– Oh, je vous reconnais, s'écrie Pascale. Vous êtes le grand cuisinier Seb Trobon. C'est vous qui animez l'émission «Toque Chef»!
– Oui, mais avec ma blessure, je ne vais pas pouvoir cuisiner!
– On va vous aider! propose Gafi.

Une heure plus tard, les cinq amis sont devant les caméras !
Il y a aussi des spectateurs, qui assistent à l'émission.

Seb Trobon annonce :

– Aujourd’hui, ce sont mes jeunes amis qui vont faire, à ma place, mon délicieux « Chocofolie ».

– D’abord, explique le chef, il faut faire fondre 200 grammes de chocolat avec 200 grammes de beurre. À vous de jouer les enfants !

Gafi enfile sa toque pendant que Pascale remue le mélange avec une cuillère en bois. Elle tourne, tourne, quand tout à coup…

… ses lunettes glissent du bout de son nez, puis tombent… dans la casserole! Tout le monde rigole dans le studio.

TOQUE CHEF

Vite, Gafi attrape les lunettes pleines de chocolat et les nettoie… d'un coup de langue!

– Humm! dit-il.

– Beurk! crie le public en riant.

D'habitude, l'émission est sérieuse.
– Allons, allons, calmons-nous ! dit Seb Trobon. Maintenant, il faut ajouter 200 grammes de sucre et six œufs directement dans la casserole. Rachid, tu t'en occupes ?

Mais Rachid a le trac ! Il tremble tellement qu'un œuf lui échappe des mains et voltige dans les airs. Les spectateurs retiennent leur souffle.

Gafi se précipite…

Le fantôme se couche par terre et l'œuf rebondit sur son ventre comme une balle ! Hop ! Arthur le rattrape.

Puis il le brise gaiement au-dessus du mélange. Le public est épaté.

– Ha ha ha! Bravo!

– Il ne faut pas oublier les deux cuillères à soupe de farine, explique ensuite le chef. À toi, Mélanie!

En mesurant la farine, Mélanie sent son nez qui pique. Elle le fronce. Elle le tord dans tous les sens… et soudain :

– Aaaa… Aaaatttt…

Tu veux connaître
la suite de l'histoire ?
Alors, suis-moi…

FARINE
1kg

– … choum !

La farine s'envole vers Seb Trobon qui devient tout blanc. La salle hurle de rire.

– Aujourd'hui, ce n'est pas « Toque Chef », c'est « Toc-toc Chef » ! s'exclame le chef en tapotant son doigt sur sa tempe.

Puis il ajoute :

– La pâte est prête, il faut
la déposer dans un moule
et tout mettre au four à 180 degrés
pendant 30 minutes.

Bientôt, le gâteau est cuit
et Seb Trobon s'écrie :
– À table !

Mais à cet instant, la toque de Gafi s'envole toute seule, comme par magie. Elle file comme une comète et atterrit… au milieu du gâteau !

C’est le chat Pacha qui s’était caché dans le chapeau de Gafi !

– Il adore le chocolat ! explique le fantôme, un peu gêné.

Le public applaudit, amusé.

Après l'émission, Seb Trobon remercie les cinq amis :
– Grâce à vous, mon émission n'est plus la même. Revenez la semaine prochaine, nous ferons une pièce montée ☼ !

c'est fini !

La toque : chapeau haut et sans bord que porte un cuisinier.

Le studio : lieu où on enregistre des films, des émissions de télé ou de radio.

Une comète : petit astre lumineux qui tourne très rapidement autour du soleil.

Une pièce montée : pâtisserie composée de choux à la crème montés les uns sur les autres.

La bonne liste

Laquelle de ces listes d'ingrédients correspond à la recette du gâteau de l'histoire ?

RECETTE A :	RECETTE B :	RECETTE C :
nougat	chocolat	beurre
beurre	beurre	chocolat
sucre	œufs	farine
bœuf	farine	sel
farine	sucre	œufs

réponse : la bonne recette est la B.

Bruits toc-toc

Les onomatopées sont de petits mots qui expriment des bruits. Associe chacune d'elles au bon dessin.

a. flic-floc
b. flap-flap
c. glou-glou
d. cot-cot
e. tic-tac

réponse : a. la pluie ; b. l'hélicoptère ; c. la bouteille ; d. la poule ; e. le réveil.

Qui est qui ?

Devine le métier de chacun des amis de Seb Trobon.

Louis Dor
Jean Bon
Isabelle Voix
Martha Long
Adam Carrié

réponse : Louis Dor (louis d'or) : banquier ; Jean Bonnot (jambonneau) : charcutier ; Isabelle Voix (belle voix) : chanteuse ; Martha Long (talon) : cordonnière ; Adam Carrié (dent cariée) : dentiste.

La chocofolie!

Retrouve les deux gâteaux absolument identiques.

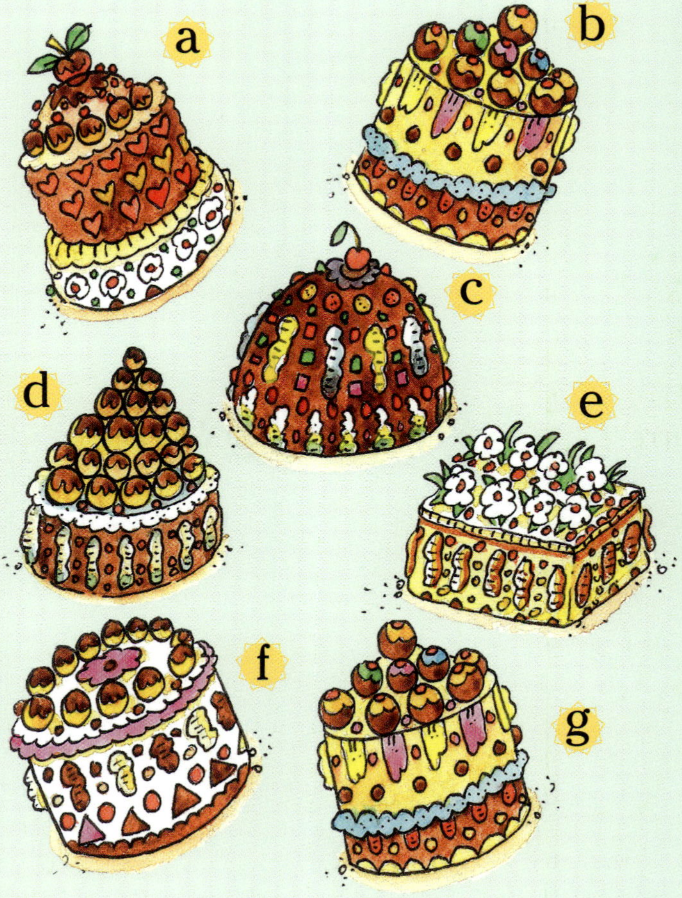

réponse : les gâteaux b et g.

GAFI RACONTE
illustré par Mérel

Je commence à lire

1. *Qui a fait le coup?* Didier Jean et Zad • 2. *Quelle nuit!* Didier Lévy • 3. *Une sorcière dans la boutique*, Mymi Doinet • 4. *Drôle de marché!* Ann Rocard • 15. *Bon anniversaire, Gafi!* Arturo Blum • 16. *La fête de la maîtresse*, Fanny Joly • 23. *Gafi et le magicien*, Arturo Blum • 24. *Le robot amoureux*, Stéphane Descornes • 29. *Une drôle de robe!* Elsa Devernois • 30. *Pagaille chez le vétérinaire!* Stéphane Descornes • 35. *Le nouvel élève*, Anne Ferrier • 36. *Le visiteur de l'espace*, Stéphane Descornes • 41. *Le ballon magique*, Stéphane Descornes • 42. *SOS, dauphin!* Anne Ferrier • 45. *Safari en folie!* Stéphane Descornes • 49. *Gafi contre Dracula*, Stéphane Descornes • 52. *Gafi à la piscine*, Stéphane Descornes

Je lis

5. *Gafi a disparu*, Didier Lévy • 6. *Panique au cirque!* Mymi Doinet • 19. *Mystère et boule de neige*, Mymi Doinet • 20. *Le voleur de bonbons*, Didier Jean et Zad • 26. *Qui a mangé les crêpes?* Anne Ferrier • 43. *Le chat du pharaon*, Mymi Doinet • 44. *En route pour l'espace!* Stéphane Descornes • 46. *Gafi aux Jeux Olympiques*, Danièle Fossette • 47. *La plante magique*, Stéphane Descornes • 50. *Gafi à Paris*, Françoise Bobe • 51. *Gafi chez Toc-toc Chef*, Laurence Gillot • 53. *Au feu, les pompiers!* Ingrid Chabbert • 54. *Gafi sur la banquise*, Ingrid Chabbert • 55. *Gafi président*, Ingrid Chabbert

Je lis tout seul

9. *L'ogre qui dévore les livres*, Mymi Doinet • 10. *Un étrange voyage*, Ann Rocard • 11. *La photo de classe*, Didier Jean et Zad • 12. *Repas magique à la cantine*, Didier Lévy • 18. *Sauvons Pacha!* Laurence Gillot • 21. *Bienvenue à bord!* Ann Rocard • 22. *Gafi et le chevalier Grocosto*, Didier Lévy • 27. *Qui a kidnappé la Joconde?* Mymi Doinet • 28. *Grands frissons à la ferme!* Didier Jean et Zad • 33. *Les chocolats ensorcelés*, Mymi Doinet • 34. *Au bal costumé*, Laurence Gillot • 39. *Mélanie la pirate*, Stéphane Descornes • 40. *Sous les étoiles*, Elsa Devernois • 48. *Sur le Tour de France*, Laurence Gillot

Directeur de collection et conseil pédagogique : Alain Bentolila

ISBN : 978-2-09-257529-1 – N° éditeur : 10230275 – Dépôt légal : janvier 2017
Achevé d'imprimer en décembre 2016 par Loire Offset Titoulet (42900 Saint-Etienne, France)